THE NAMELESS CITY
无名之城

[美] H. P. 洛夫克拉夫特 ——著　　[乌拉圭] 埃尔南·罗德里格斯 ——绘

姚向辉　等 ——译

新星出版社　NEW STAR PRESS

The Nameless City
© 2018 Hernan Rodriguez.
© 2018 Beijing Hongyue Scientific and Technical Co., Ltd.
All rights reserved.

图书在版编目（CIP）数据

无名之城 /（美）H.P. 洛夫克拉夫特著 ；（乌拉圭）埃尔南·罗德里格斯绘 ； 姚向辉，王晔，席路德译 . -- 北京 ：新星出版社，2018.10
（2021.5 重印）
ISBN 978-7-5133-3222-4

Ⅰ . ①无… Ⅱ . ①H… ②埃… ③姚… ④王… ⑤席… Ⅲ . ①中篇小说 - 小说集 - 美国 - 现代 Ⅳ . ① I712.45

中国版本图书馆 CIP 数据核字（2018）第 205329 号

无名之城

[美] H.P. 洛夫克拉夫特 著　　[乌拉圭] 埃尔南·罗德里格斯 绘
姚向辉 等 译

策划统筹：贾骥 宋凯
责任编辑：汪欣
责任印制：李珊珊

出版发行：新星出版社
出 版 人：马汝军
社　　址：北京市西城区车公庄大街丙3号楼　　100044
网　　址：www.newstarpress.com
电　　话：010-88310888
传　　真：010-65270449
法律顾问：北京市岳成律师事务所

读者服务：010-88310811　　service@newstarpress.com
邮购地址：北京市西城区车公庄大街丙3号楼　　100044

印　　刷：天津图文方嘉印刷有限公司
开　　本：787mm×1092mm　　1/16
印　　张：9.5
字　　数：25千字
版　　次：2018年10月第一版　　2021年5月第四次印刷
书　　号：ISBN 978-7-5133-3222-4
定　　价：88.00元

版权专有，侵权必究；如有质量问题，请与印刷厂联系调换。

策划统筹：贾骥 宋凯
出版监制：张泰亚
特约编辑：李懿 曹婷
美术编辑：张慧
装帧设计：何海林

NO. 1
THE OUTSIDER

何其不幸，若童年的回忆只带来恐惧与忧伤。

何其不幸，若回首往事却只有无尽的孤寂时光……

密林的虬枝在一片死寂中摇曳，我在其阴影与无眠的梦魇中痛苦挣扎。

这就是众神赐予我的……

使我迷惘……

幻灭……

无为……

无所寄托。

然而，一旦思绪濒临崩溃的边缘，我仍然只得拼命抓住这些枯萎的记忆。

我不知自己出生在何处，只知这座城堡极其古老……

极其恐怖。

这里总是漆黑一片……

阳光永远穿不透树林的遮挡……

当我拾级而上，抵达塔楼的最顶层，触目所及也永远只是阴森的树冠。

不过，另有一座高塔直插向未知的天空……

但它年久失修，无法登上塔顶，只能沿着墙上的石头攀爬。

曾有一次，我试图逃出这片森林。

然而我离开城堡的距离越远，阴影就越发浓密……

……空气中充满了不祥的气息。

我只好转身，迅速离开，以免迷失在静寂的夜之迷宫。

于是，在这无尽的晦暗中，我梦想着，等待着……

却全然不知我所期盼的是何物。

我对光明的渴望无比强烈。

终于，我决定不顾可能坠落的危险，攀登那座高塔……

……宁肯在瞥见天空的一瞬间坠亡……

也不愿在永恒的黑暗中苟活……

我不禁揣测，究竟有什么可怕的秘密封存在这绝顶之上。

接着，我意外地摸到了一扇门。

我推了推，门是锁着的。

这扇紧锁的门刚一打开……

……我立即感到一种纯粹的……

……前所未有的狂喜，激荡着我的内心。

我认定自己到达了塔顶，迫不及待地登上那几级台阶。

……突然，一朵乌云遮住了明月……

……我不得不放慢了登梯的速度。

抵达铁门前的时候，四周仍很黑暗……

我不敢推开它，害怕会从一路爬上来的惊人高度跌落。

就在此时，月亮又露了出来……

我从未体验过眼前这般奇妙诡异的景象……

眼前并非站在高塔上俯瞰树海的风景……

……门外是一块如假包换的……

开阔之地，如履平原。

眼前这番奇异的景象并未减缓我的脚步。

这场经历是疯狂,是梦境,还是魔法……我不在乎……

……只想不顾一切,品味这一刻的明澈与欣喜。

我已不在乎自己是谁,什么身份,身边可能潜伏着什么……

然而……

……蛰伏已久的可怕记忆渐渐浮上心头……

……使我意识到这番举动并非偶然。

步行几小时后,我终于抵达了目的地。

一座茂密的园林中央矗立着一座庄严的古堡，奇怪的是……

尽管它的每一处都极度陌生，却又让我觉得似曾相识……

但最令我感兴趣的是那些敞开的窗户……

……里面的人们载歌载舞，欢笑声不绝于耳。

从窗口望进去，只见一群衣着奇特的人……

兴高采烈，眉飞色舞……

开心地彼此交谈……

我无暇多想,径直走进屋内……

然而真正的梦魇就此开始。

人们一见我就惊慌地四散奔逃。

再度孑然一人……

我想,是我把他们吓坏了,那么我再也无缘与别人相见……

金色拱门后面像是有什么东西在动……

我朝着其中一个房间走去,隐约觉得那里有人……

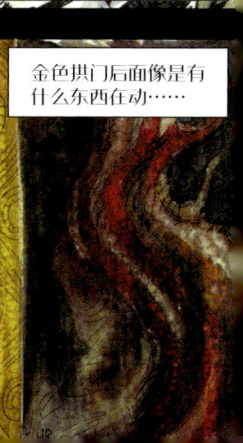

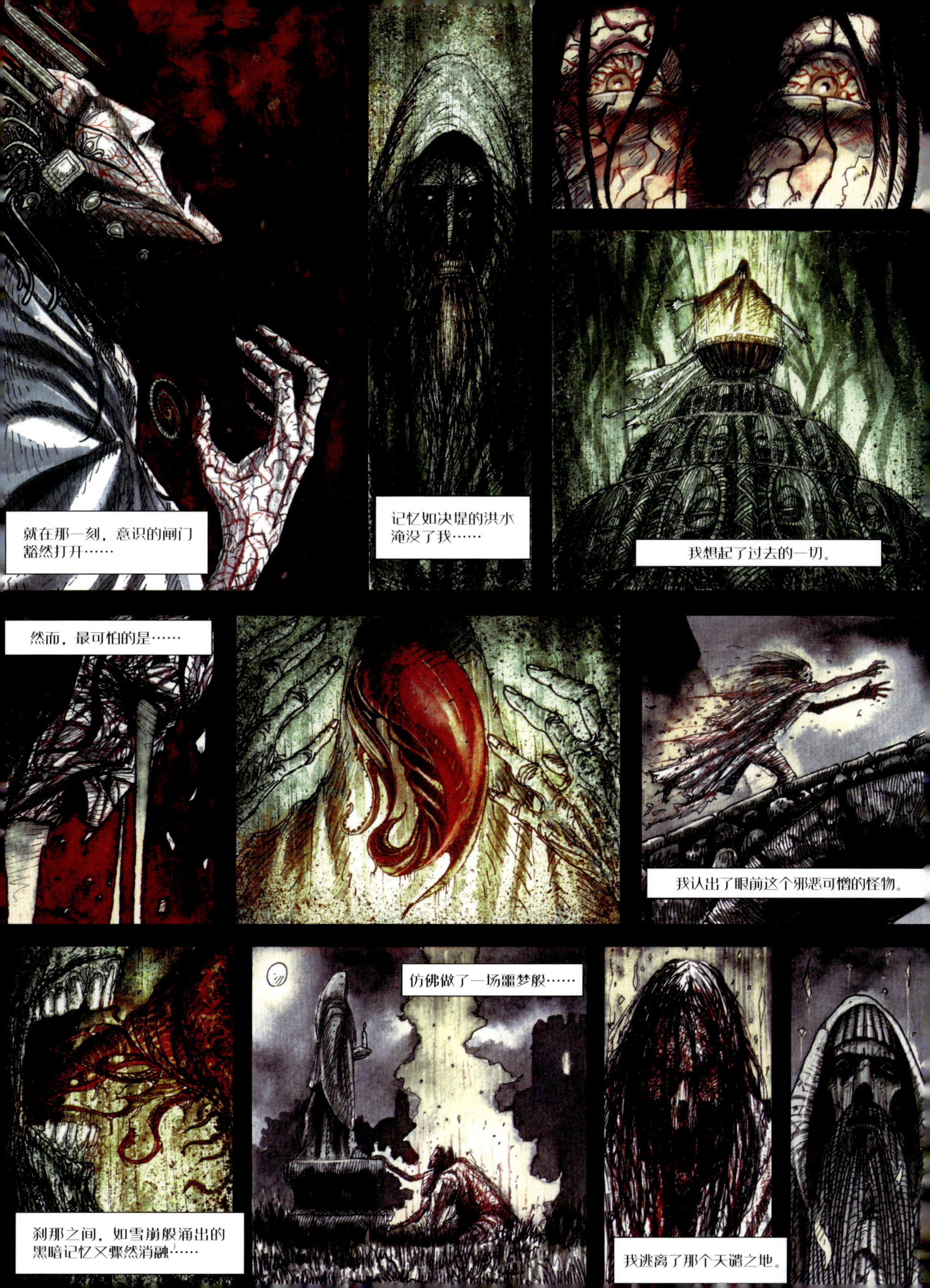

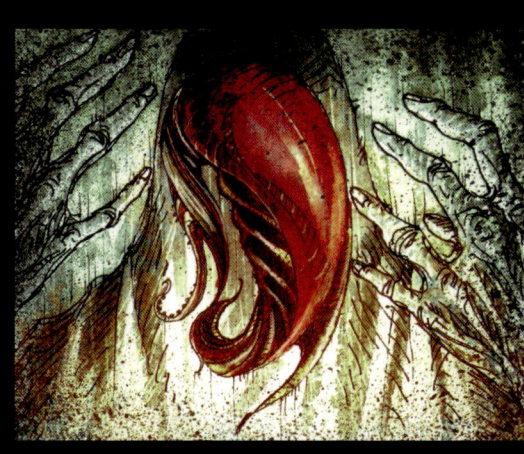

就在那一刻，意识的闸门豁然打开……

记忆如决堤的洪水淹没了我……

我想起了过去的一切。

然而，最可怕的是……

我认出了眼前这个邪恶可憎的怪物。

仿佛做了一场噩梦般……

刹那之间，如雪崩般涌出的黑暗记忆又骤然消融……

我逃离了那个天谴之地。

席路德 —— 译

埃里奇·赞之曲

THE MUSIC OF ERICH ZANN

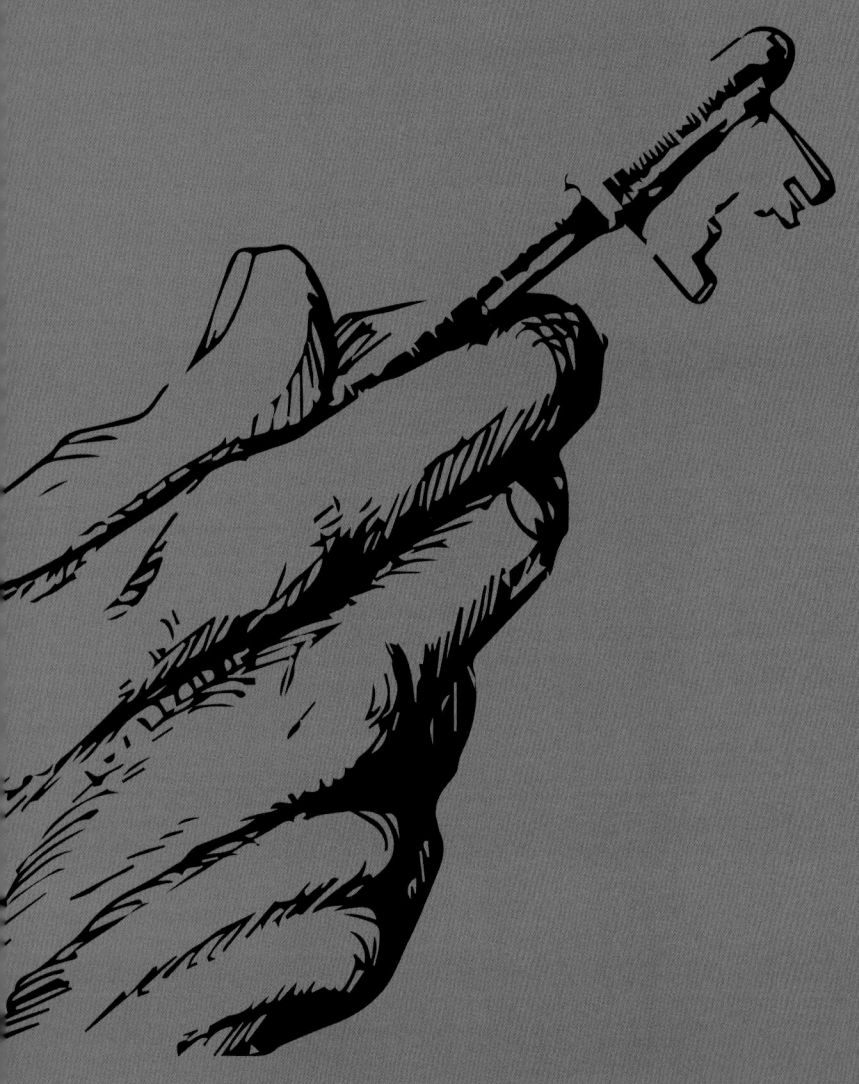

NO. 2

THE MUSIC OF ERICH ZANN

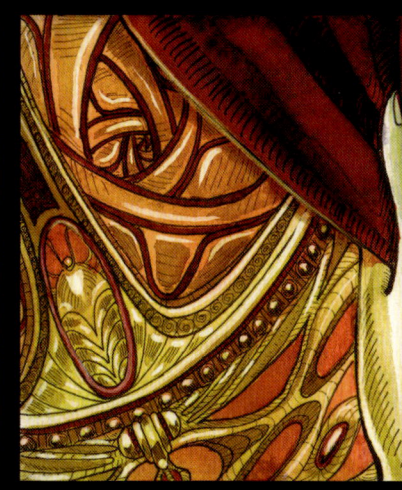

每晚,我依然会悄悄聆听赞的音乐。

乐声使我陷入无可名状的恐惧……

……对那些若隐若现的奇异与强大未知神秘的恐惧。

旋律中不时掺杂着和声与复调,难以想象它仅由一名乐手奏出。

几个星期就这样过去了……

……音乐越发地怪异狂放。

我的记忆就此断线，不记得自己如何逃了出来……

……尽管后来我苦苦搜寻调查，却再没有找到那条承载着我几个月混乱回忆的街道。

任何地图上都没有记录，就连最早的城市古地图上也不见它的踪迹……

那条街似乎根本没有存在过……

不为人知的街道也好，消失在无尽深渊之中的手稿也罢……

但我对此也并不感到失落……

……只有它们，能证实埃里奇·赞之曲的存在。

姚向辉 ——译

古屋怪画

呪詛

THE PICTURE IN THE HOUSE

NO.3

THE PICTURE IN THE HOUSE

不必害怕,我不会伤害你。

王晔 ——译

奈亚拉托提普

NYARLATHOTEP

NO.4
NYARLATHOTEP

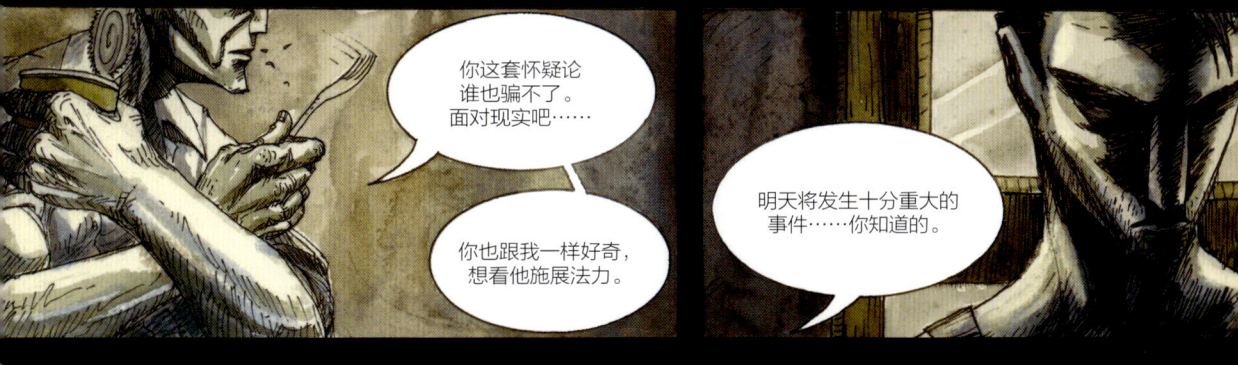

奈亚拉托提普游历欧洲各座城市，购买古文物，并借助它们施展法力。

西方的有识之士纷纷抨击他……

……说他故弄玄虚……

……不过是个骗术大师。

但奈亚拉托提普毫不在意，反而邀请那些不相信他的人参加一场特别的演示……

……要与在场的人分享他的所见……

亲眼见识之后……

那些批评家离去的时候，无不被震慑得哑口无言……这些都是事实……

他们的目光也变得呆滞。

他得到了难以想象的崇高声誉……

成了风靡全球的红人。

海外的人们也纷纷私传，说见过他的人都获得了超越常人的洞见力……

最后，他向媒体透露了自己的打算……

……他将访问所有伟大的城市……

……将消息带给全人类……

在恍惚之中,忽然听见他命令我们离开……

……回到午夜潮湿的街道。

…拾级而下…

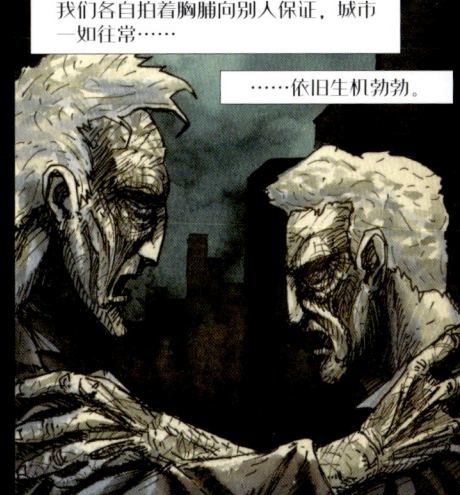

我们各自拍着胸脯向别人保证,城市一如往常……

……依旧生机勃勃。

我高声嘶吼着,说自己不害怕。其他人也同样吼叫起来。

这时,路灯开始一盏盏熄灭……

……我们一遍遍地咒骂着电力公司……

……取笑对方怪异的表情……

我试图逃离,但所能做的不过是逃到队伍边缘。

我用尽全力向弟弟大喊,不要进去……

然而他步履坚决……

但身体却不听使唤……
将我带向那入口。
我已是最后一人。
无力抵抗……

我不愿步他们后尘,用尽了每一分意志力……
内脏仿佛都要炸开了……

先行进入的人们的呼唤,在我脑海中聒噪……
……邀请我过去。

只有过往诸神能解释我眼前所见到的……

脑海中浮现出寂灭世界的冰冷躯壳，布满城市留下的疮痍。

在这阴郁压抑的宇宙墓地……

……响起令人发狂的沉闷鼓声……

……声音来自超越时间长河的、无可名状的黑暗密室……

……而伟岸肃穆的末代神祇……

……正随着鼓点笨拙地缓慢起舞……

……他们的灵魂，恰是奈亚拉托提普。

席路德 —— 译

无名之城

THE
NAMELESS
CITY

# NO.5
THE NAMELESS CITY

第一眼看到它时，我就知道这是座被诅咒的城市……

这座消失在阿拉伯沙漠深处的无名之城早已为时间所遗忘，神殿与城宇的残垣断壁，也大多湮没在无尽岁月的黄沙中了……

早在孟菲斯城的居民打下第一块基石之前，早在修筑巴比伦城的砖块还未烧制成型之前，它就已经是这般模样了。

现在我明白沙漠部落为什么总是对这里避之不及，闭口不谈……

我们真是疯了，才会想到去寻找它……

时间到了……

快起来！是时候了！

我们沿着这条通往地心的台阶一路往下，难以估算究竟走了多远……

……吸进的空气越发地陈腐……

想到返回的路途是如此漫长，我们心中不免焦躁……然而，好奇心终究战胜了担忧。

台阶终于看到头了！！

我没力气了……

这条通道会是谁建造的呢？……这么狭窄，也许是矮人或者小孩吧。

太窄了……

我似乎感到整个大地的重量都压迫在我胸口……

使我不能呼吸……

死寂……黑暗……深渊……

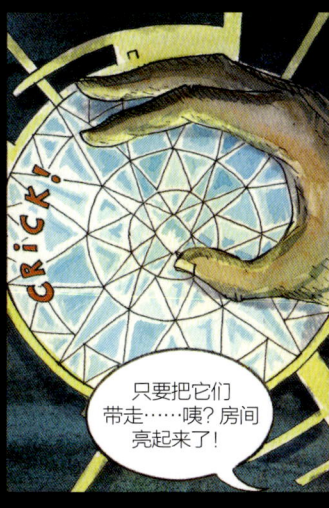

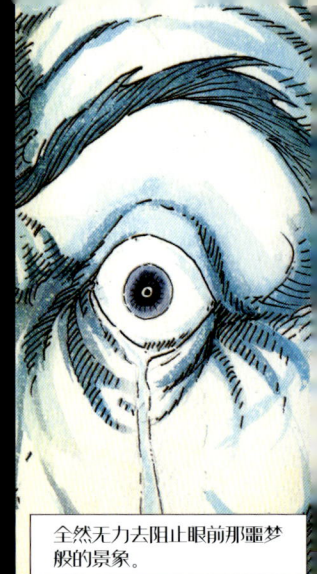

姚向辉 ——译

猎犬

THE HOUND

NO.6
THE HOUND

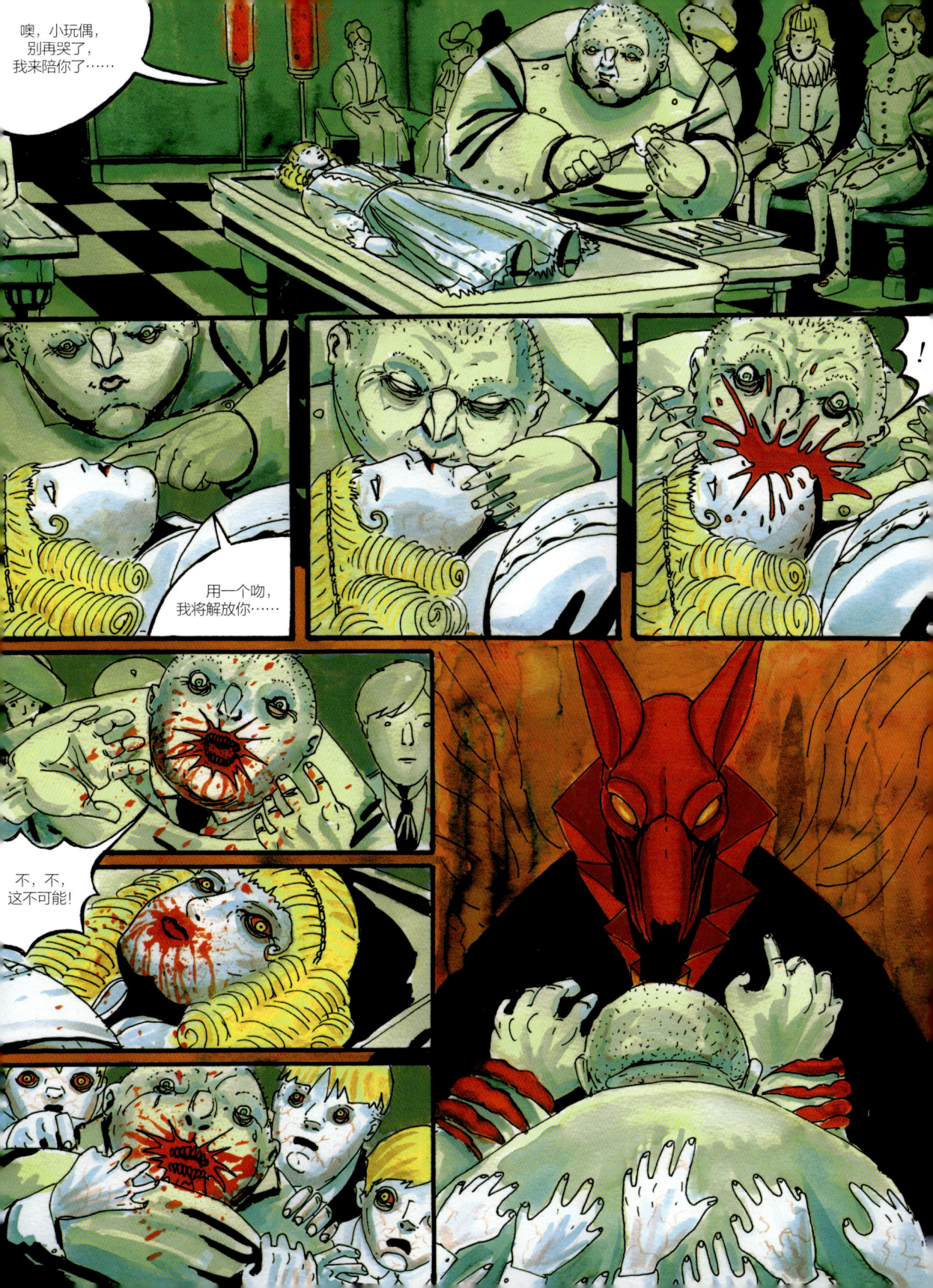

席路德 ——— 译

神殿

THE TEMPLE

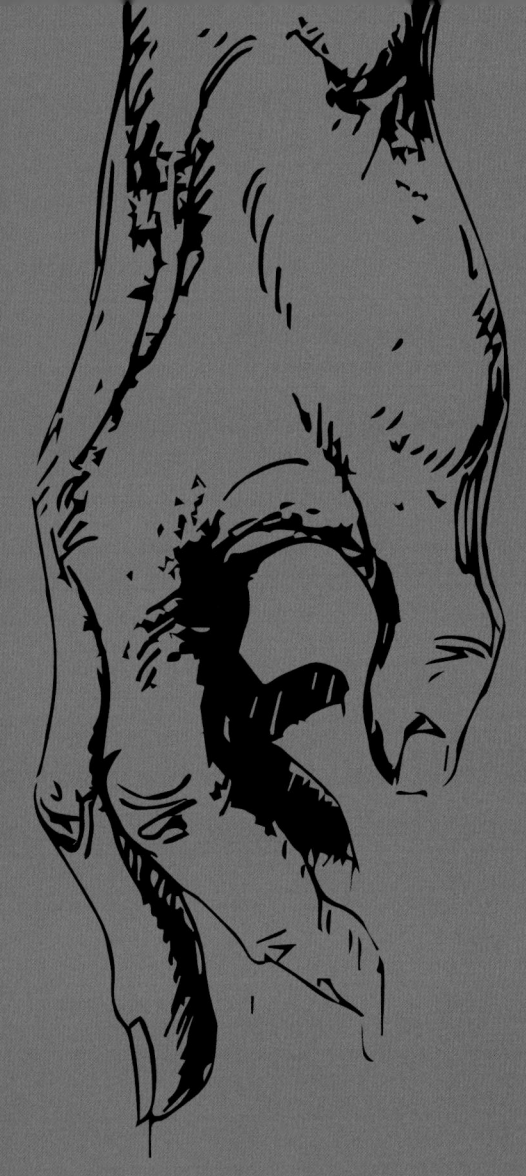

NO.7
THE TEMPLE

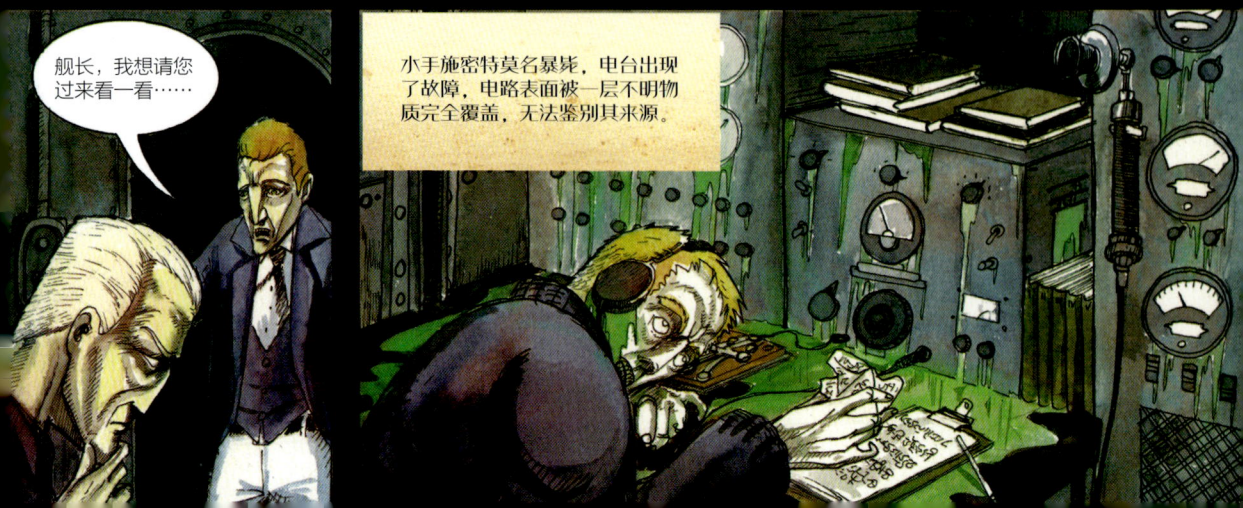

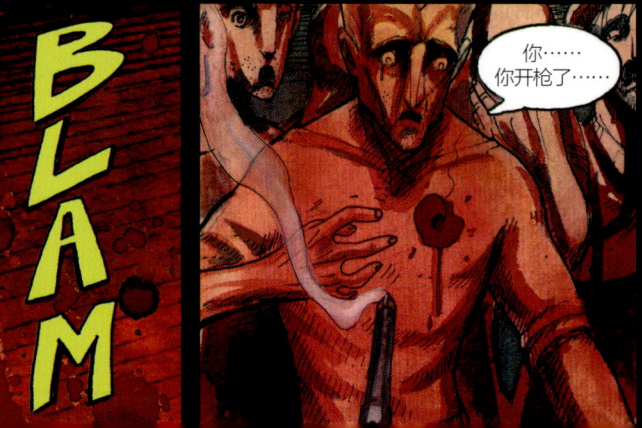

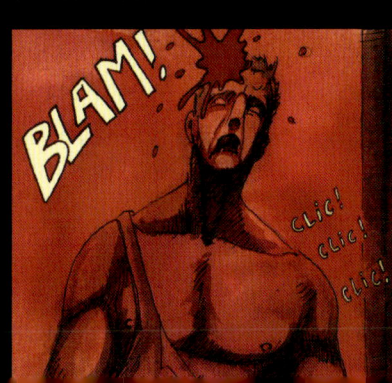

8月16日。

克兰泽昨晚跟我说话了……

……我一定是……疯了吧……

祸不单行,电力也耗尽了。

我陷入了彻底的黑暗之中……

我决定听从克兰泽的建议……

CLICK!

然而这时,一件不可思议的事吸引了我……

……使我忘记了其余的一切。

剩下的事非常简单……

我心中涌起了进入神殿一探究竟的冲动,强烈得令我无法抗拒,把其他的一切都抛诸脑后……

我准备好潜水装置,写下绝笔,放入漂流瓶……

我知道这一切都不是真的……

我知道自己是彻头彻尾的精神错乱……

匆匆动笔时听到的恶魔般的笑声,不过是软弱的心智所臆想出来的罢了。

我毫无畏惧，即使疯子克兰泽曾给过我那样的警告。

神殿里发出的光辉是纯粹的幻觉，我即将平静地死在……

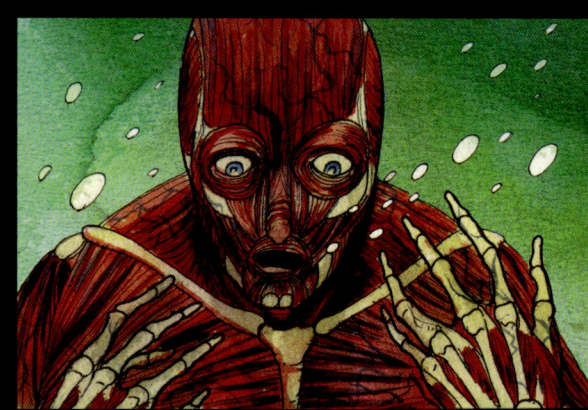

……这被人遗忘的黑暗深海。

我将穿好潜水服，踏上那原初圣所的台阶……

走进那未知海域中沉默了无数岁月的秘密。

姚向辉 —— 译

天外来色

THE
COLOR OUT
OF SPACE

NO.8

THE COLOR OUT OF SPACE

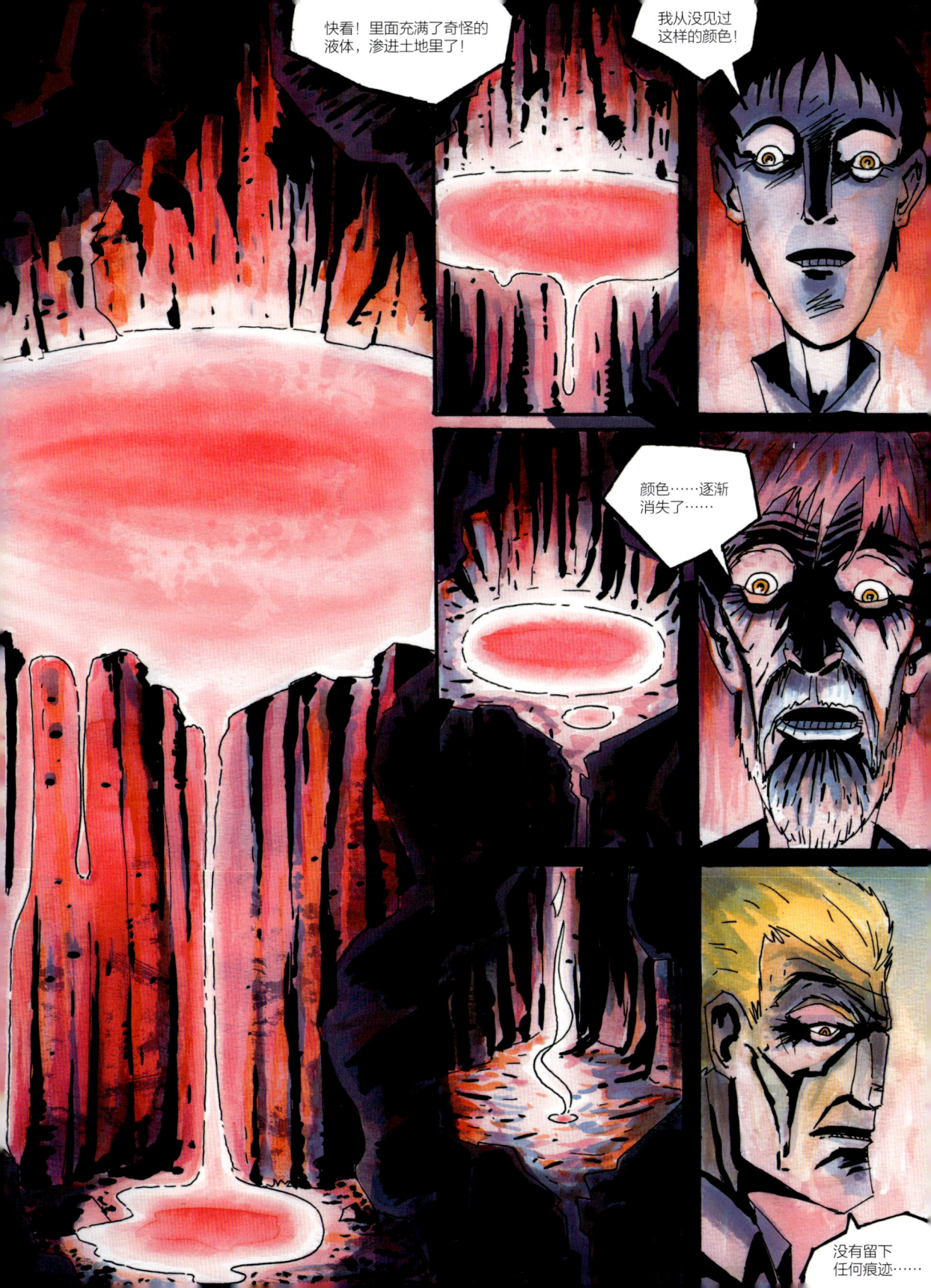

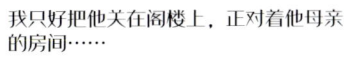

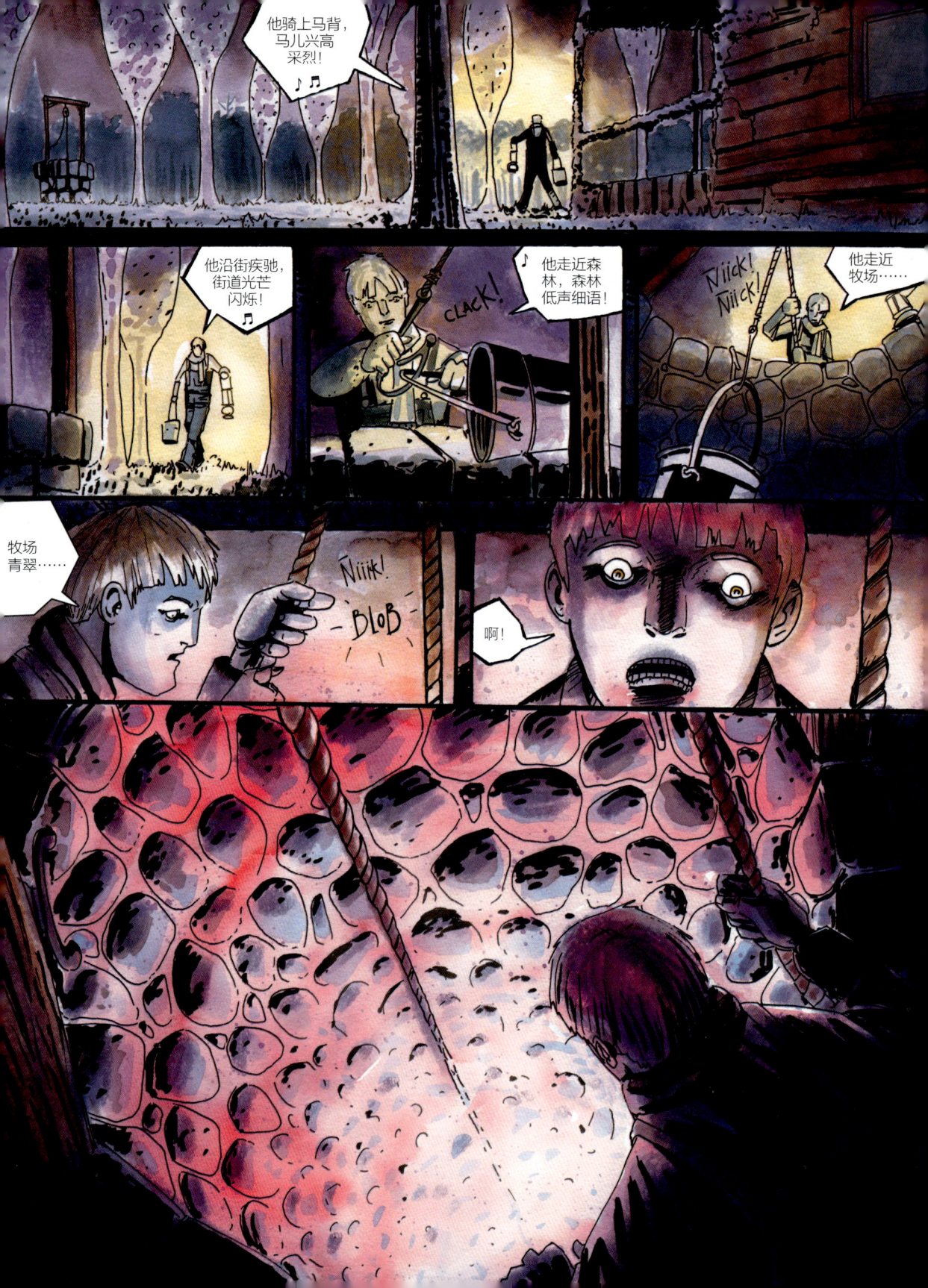

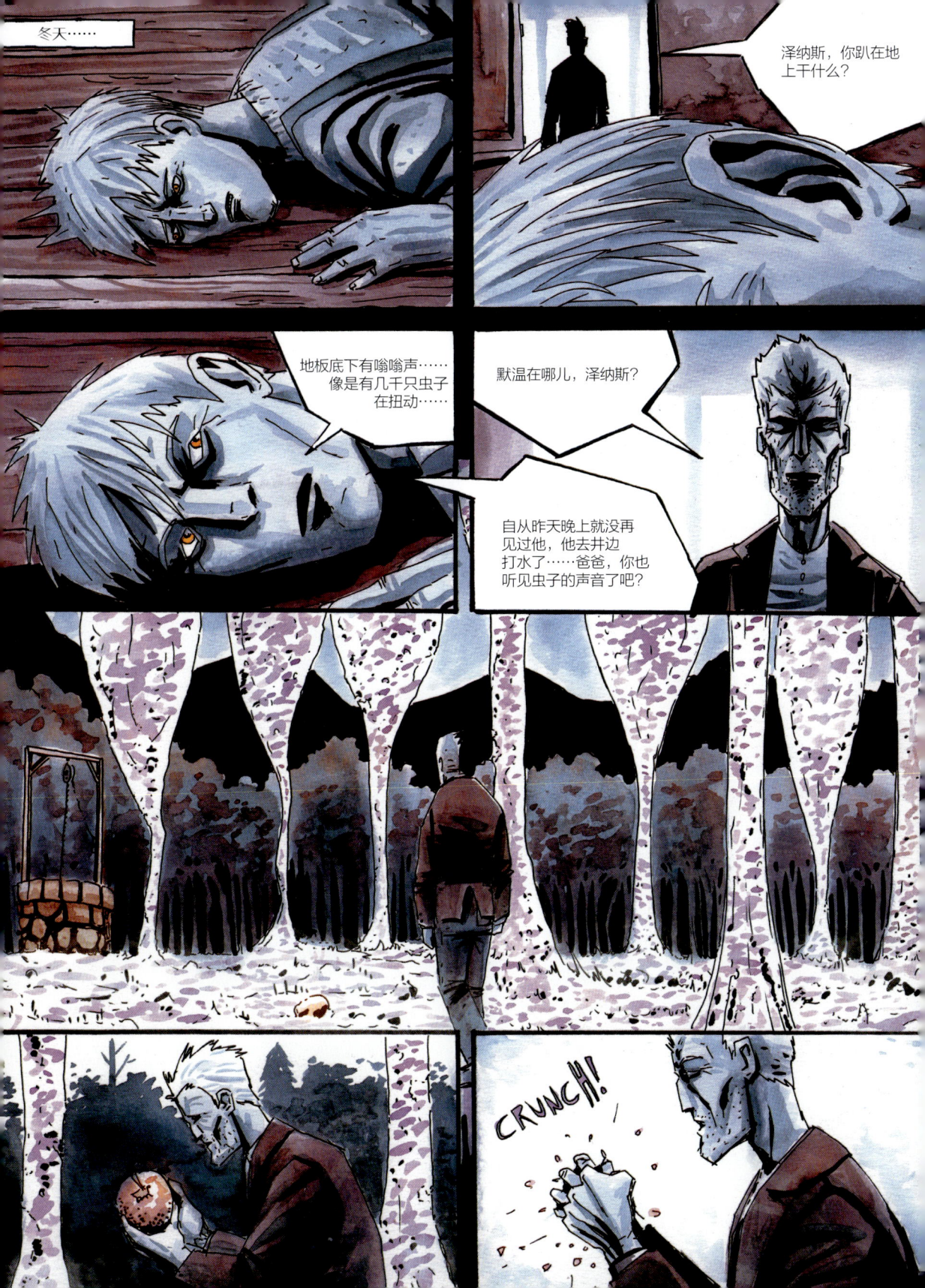

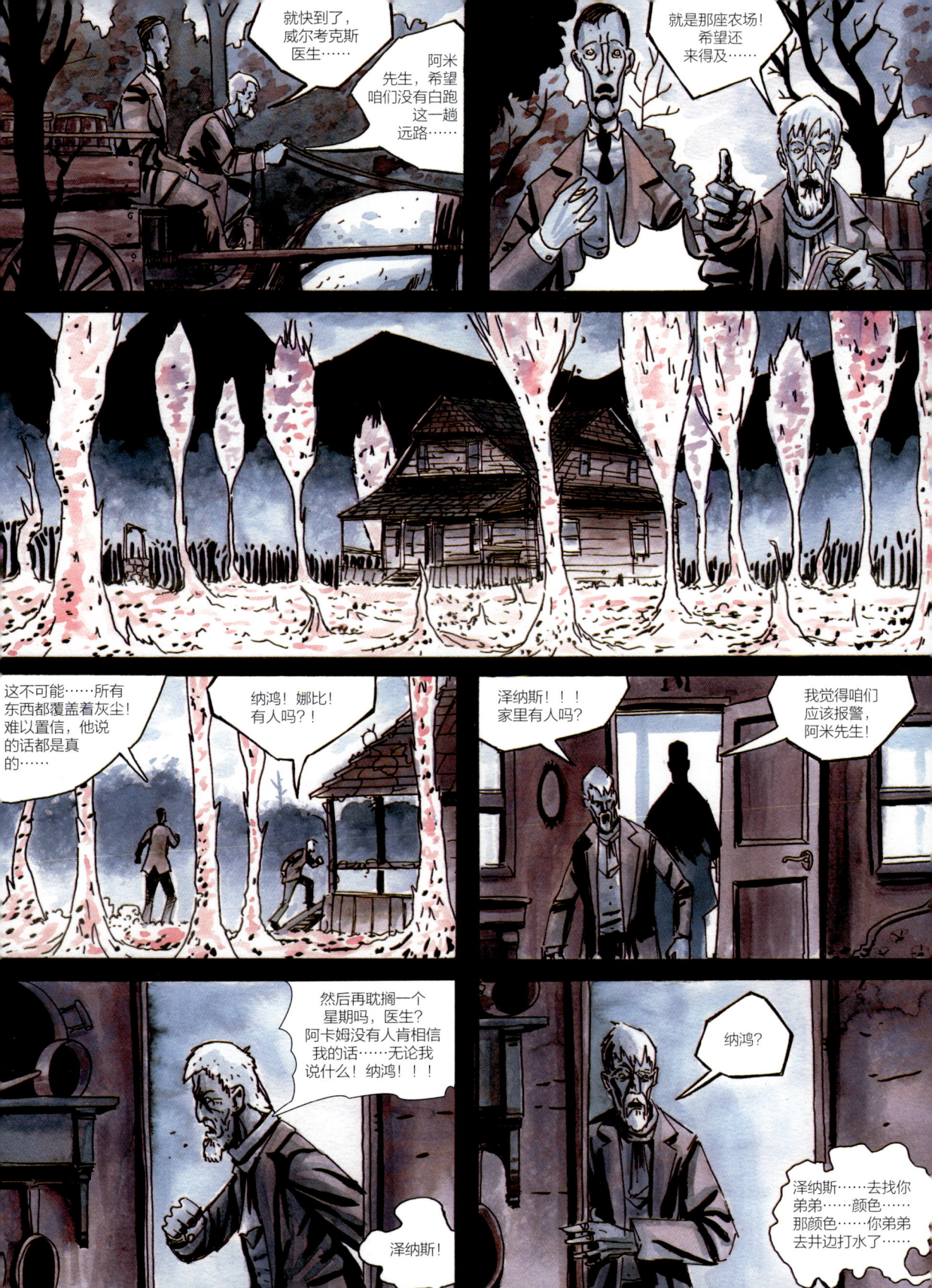